미련 없이 너에게 간다
1

미련 없이 너에게 간다 1

발행일   2024년 12월 6일

지은이   김환구
펴낸이   손형국
펴낸곳   (주)북랩
편집인   선일영   편집   김은수, 배진용, 김현아, 김다빈, 김부경
디자인   이현수, 김민하, 임진형, 안유경, 최성경   제작   박기성, 구성우, 이창영, 배상진
마케팅   김회란, 박진관
출판등록   2004. 12. 1(제2012-000051호)
주소   서울특별시 금천구 가산디지털 1로 168, 우림라이온스밸리 B동 B111호., B113~115호
홈페이지   www.book.co.kr
전화번호   (02)2026-5777   팩스   (02)3159-9637

ISBN   979-11-7224-417-0 04810 (종이책)   979-11-7224-419-4 05810 (전자책)
           979-11-7224-418-7 04810 (세트)

(주)북랩 성공출판의 파트너
북랩 홈페이지와 패밀리 사이트에서 다양한 출판 솔루션을 만나 보세요!
홈페이지 book.co.kr • **블로그** blog.naver.com/essaybook • **출판문의** book@book.co.kr

작가 연락처 문의 ▸ ask.book.co.kr
작가 연락처는 개인정보이므로 북랩에서 알려드릴 수 없습니다.

미련 없이
너에게 간다
1

김환구 시집

북랩

인사말

✦

    저는 시인이 아닙니다. 시를 좋아하는 중년입니다. 하지만 시 공모에 낙선을 경험하였지요. 그래도 낙담만을 할 수는 없었습니다. 그래서 이렇게 엉성한 시로 출판을 하게 되었습니다.

    한 해를 시간 들여 페이스북에서 쓴 시이고, 몇 편은 나중에 따로 지은 것일 수 있습니다.

    제가 써 온 시 중에서 어느 것 하나를 버릴 수 없었습니다.

    제 시에 나오는 한 글자 한 글자는 제가 만나 온 분들이고, 글자 안에 자음과 모음은 제가 살아오면서 뵙고 만날 분들이라고 생각하면 소중하지 않은 것이 하나도 없습니다.

    어쩜 여러분께 다가서려는 저의 조급한 마음이 출판을 서둘렀는지 모릅니다.

    제 마음 같아선 최대한 많은 분들께 찾아가고 싶지만, 그렇게 되지 않는다 한들 후회는 없습니다.

이 책으로 뵙게 될 한 분 한 분에게 고맙고 감사한 마음을 가지며 시를 읽을 여유 없이 살아가시는 많은 분들께도 고맙고 감사한 마음을 가집니다. 마지막으로, 지금 군 복무 중인 막내아들과 돌아가신 저의 가족들께 이 시를 바칩니다.

2024년 11월 22일

김환구 올림

공허

이미 차가워질 대로 차가워진 가슴에
아스팔트 위에 노상에서
점심밥을 먹는다
눈물이 핑 돈다
직업은 귀천이 없다는데
차가운 냉가슴에
노상에서 우걱우걱 씹어 넣는다
찬란한 점심상
아직 죽지 않고 살아 있다는 것이
꿈인가
희망인가
오늘의 해는 언제 넘어갈지
기약 없는 또 하루가 흘러간다
나는 천민이라고 말하는 하루가 간다

고향 가는 길

달그락 달그락
소달구지를 끌고 간다
아무것도 없는 것이
달그락 달그락
워치게 이렇게 간다냐
가던 길을 되돌린다
다시 돌아가면
뭐라도
한 가지라도 더 갖고 갈 것이 있을지 몰라

가다 말고 멈춰 섰는데
소가 운다
이놈의 소, 주인 말은 안 듣고
고삐를 바짝 당기고
원점으로 간다

언제 고향으로 갈 수 있을지
알진 못하지만
언제 소달구지를 꽉꽉,
채울 수 있을지는 모르지만

해는 중천에 떠 있고
따사로움이 풍경을 물들인다

사랑은 한 여자

아무도 모르는 사랑
하늘에서 내려온 천사

나의 죽음을 드리리

나는 미친
너는 사랑

다시 너를 떠올리곤

한 번은 만나서
옛날이야기 나누어야지
하늘에서 있었던 이야기

밤새 까르륵
밤새 울먹이며
반짝이는 별이 되어야지

아무도 없이 너만 그릴 수 있는 세상
아무 걱정도 없이 술만 퍼먹는 세상

길이 묻는다

취한 것이냐

참, 할 이야기가 없는 것이냐
나는 되묻고

어불성설 1

야, 이놈들아 너희들은 핵을 갖지 마
북조선 이놈들아 너희들은 핵을 갖지 마
지들은 갖고 있으면서 어디서 훈계질야
조까라 마이싱
엿 먹고 자빠졌네
니들이 모범을 보여야 내가 핵을 안 만들제
니들이란 놈이 여태까지 그래 왔어
그래서 세상이 썩어 빠진 거야
강한 미국, 자빠지고 있네
강한 한반도
이 말이 더 역설적이지 않네?
우리는 반으로 나뉘어 있어도 살아 있다 아이가
남으로 북으로 나뉘어 있어도 살아 있다 아이가
니들이 참견하지 않아도 돼
다만 그동안의 우정을 생각해서
기도해 주고 마음으로 양심으로 도와주라

우리는 통일을 해야 한다
내 다리 다 찢어 봐도 통일을 해야 한다
세상에서 가장 아름다운 나라를
꿈꾸는
한반도
미국보다 강한 한반도
어불성설로 시작한 이 말은
국민의 이름으로 진실이 될 수도 있다

홀로 앉아서

인생이구나
소주로구나
참, 맛있는데

내일은 또 어찌 될꼬

와따메,
확 때리치워 불면 될 것 아이가

찬 바람이 분다

소녀 미미에게

봄이 오면
지천으로 깔려 있는 진달래를
책책 아름 따다 너에게 줄게

산천의 분홍빛 혈서는 모두 다 네 거야
내가 줄 수 있는 것은 진달래

웃음 짓는 미미는
어디에서 왔는지 알고 싶지 않아
낡아진 웃음 너머의 미미는
들로 또랑으로 살랑살랑

결코 잊을 수 없는 미미는
어떤 말도 귀에 들리지는 않을 거야
하지만 나는 네가 어디로 가는지 알지

별거 없지예

아베야 왜 그렇게 살았노
어메야 왜 그렇게 살았노
아들아 왜 그렇게 살고 있노

우리 다 같이 놀자
일하면서 놀고
밥 먹으면서 놀고
놀 때 놀자

놀다 지치면 잠을 자자
놀다 지치면 일을 하자

그까이꺼,

눈물 한 방울 또르륵

꽃은 무슨 연유로 피는가

꽃은 핀다
제철이면 꽃은 핀다
보란 듯이 핀다
뽐내지 않고 핀다

잠을 자다 일어났다 핀다
지쳐서 핀다

아무 생각 없이 핀다
몸이 가는 대로 핀다

막을 수 없는 세월의 흐름이
꽃을 피게 만든다

이슬람 사원에서

난 알라신을 몰라
난 알라신을 모른 채
이슬람 사원에 들어섰다

꽁꽁 싸맨 채로 둥그러니 있는
여인들이 보이고
그 사이로 살짝 발목이 보이는 여인이 있었다
썩 탐스럽지도 않은 채
새까만 눈동자를 번뜩일 뿐
시작도 안 한 사랑이 식어 갔다
30년간 꿈속에 그리던 소녀는
마치 눈물을 담은 욕망덩어리인양
흐르는 눈물과 함께 사라졌다

이슬람 곁에 있는 소주방으로 향한다
벌거벗은 여인들 한둘이 사내와 마주 앉아

술을 마신다
경전에서는 볼 수 없었던 술을 마신다
그들을 끝내 볼 수 없을 것 같아 벌컥벌컥 마신다

시를 농락하고
시를 눌러쓰기 위해 술을 마신다
시에게는 사랑 따윈 필요 없는 것

이제 하루를 소비하고
겨우 시 한 편을 쓴다

다시는 이슬람 사원에 가지 않으리란
다짐을 하지만

다시 태어난다면

햇살이 되고 싶다
너에게 눈부신 햇살이 되고 싶다
울지 않고 내리쬐는 햇살이 되고 싶다
왠 종일 울었어도 그 울음을 달래 주는
햇살이 되고 싶다

다 울고 나니 마를 것 없는
그대의 얼굴에 밝게 그려지는
햇살이 되고 싶다
하루를 마치고 그늘진 너의 밤에 비치는
햇살이 되고 싶다

다 가고 없는 빈 무대에 비치는
햇살이 되고 싶다
내일 다가올 무대의 관객들에게 미리 비치는
햇살이 되고 싶다

세상사 다 취해서 사는 것
햇살로 취하고
햇살로 다시 태어나고 싶다

썩어 빠진 일부 대한민국 언론들에게

너희들에게 나는 기대지 않아
너희들은 때론 사람을 죽이기도 하잖아
부끄럽지 않아
죄스럽지 않아
그렇게 하면서까지 밥 먹고
살아야겠니
그것이 맞다면 그렇게 살아

나는 이대로 쪼그라져 죽어도 괜찮아
너희는 소위 한국에서 말하는 명문대 나왔잖아
쪽팔리지 않아
너의 목소리를 내 봐
너의 목소리를 내지도 못하면서 왜 살아

너는 논하는 자리야
찬성을 반대로 논해도 괜찮아

반대를 찬성으로 논해도 괜찮아
그래도 사람은 죽이면 안 되는 거 아니야

너의 목소리를 내 봐
광고판이 되지 말고
진짜 네 목소리 말야
그게 보수고 진보야
있지도 않은 거짓말을 보태는 것은 상술일 뿐

무엇으로 살아야 할까
나도 고민 중야
난 아마 가능성이란 없을걸
그래도 자네들은 지식인이 아닌가

'쓰러지는 나무를 보고
나무가 쓰러진다'라는 최소한을

논할 줄 아는

나는 언론을 몰라
하지만 언론도 다 사람이 하는 것
쉽게 말해서
경색되어지고 찌푸리면서
하지 말자는 거야

내 코가 석 자인데
남 걱정에 헛소리

내 시는 쓰레기

돈 한 푼 안 받고 파는
내 시는 쓰레기
돈이면 뭐든 되는데
돈이면 큰소리칠 수 있는데
내 시는 돈을 좋아하지 않아 왕따
그래도 괜찮아
시는 시일 때 시인 거야
그런데 돈이 없으면 술을 못 먹지
그런데 돈이 없으면 담배를 못 피우지
내 인생에 어떤 도움도 안 되는 내 시는 쓰레기

옛다,
종량제 봉투에 가득 담아라

인생이 끝나면서
소리 없이 소각될
내 시는 쓰레기

The Boxer

그대 천국이 있다는 것을 믿으시나요
나는 천국이 있다는 것을 믿습니다
그것도 이 땅 위에 천국을 건설할 수 있다는 것을 믿습
니다
그래서 나는 싸우지요
나의 적이 되어 주는 연약한 사람들과 싸우지요
마침내 이겼을 때 나는 천국에 있는 것과 비슷할 수
있습니다
여러분의 천국은 어디에 있나요

연못가에 나무가 있습니다
연못가에 풀들이 자라고 있습니다
연못을 이루는 물이 있습니다
연못을 비추는 햇볕이 있습니다
햇볕이 일렁입니다 그 햇볕이 천국입니다
우리는 그렇게 풀이 되어

우리는 그렇게 나무가 되어
우리는 그렇게 물이 되어
우리는 그렇게 햇볕이 되어
세상을 이룹니다 천국을 이룹니다

그대, 나에게 내일 시합이 있다오
나와 시작하는 게임이 있다오
땡 하는 소리와 함께 그놈을 무너뜨려야 하지요
어쩜 이렇게 잔인한 싸움을 하는 것은 나의 숙명이지요
그래도 어쩔 수 없습니다
나는 이렇게 해서라도 먹고살아야 하니까요

그대 천국이 있다는 것을 믿으시나요
나는 천국이 있다는 것을 믿지 않습니다
왜냐하면 나는 매일 지옥의 링에 서 있기 때문입니다
내 최고의 친구는 나를 응시하고 있는 상대 복서입니다

연약함을 들키지 않으려고
우리는 서로, 게임의 천국을 만들어 갑니다

차갑게 흐트러지는 오늘의 게임은
몇몇 관중들이 환호하고
나는 상처투성이
어쩜 천국은 상처투성이일 수 있습니다
이미 천국은 게임 시작 전에 존재할 수 있습니다
게임 시작 전의 관중과
게임을 두고 설레는 너와 나

나와 생각이 어때

돈은 별맛이 없어
가끔 만지면 손을 씻고 싶지

돈은 별맛이 없어
가끔 널 만나면 당혹스러울 뿐

돈이 그래
내가 산 과정과 함께하고
나와 언제든 이별할 수 있지

돈 이야기 하다 보니
잠이 온다

정관에서

하루 종일 비는 내리고
보이는 것은 물안개에 흐려지게
보이는 네 얼굴

너는 밤새워 울어서 봄비가 되었고
나는 밤새워 널 기다려 움직이는
장승이 되었다

세월은 장담할 수 없지
네가 내일을 모르는 것처럼
내가 내일을 모르는 것처럼

봄비에 젖은 정관이 돌아간다
라이더가 움직이고
택시 기사가 움직이고
이동하지 못하는 우리들을 움직인다

이제는 끝인 것 같은데
육십이 넘은 너의 심장이 타오르는 것 같아

나는 말한다
사랑한다 정관아
사랑한다 영미야

정준영 님의 '공감(Feat. 서영은)'을 들으며

피비린내 나는 동족상잔의 비극
한국 전쟁을 경험해 보셨나요
내 형제에게 총을 겨누는
내 이웃에게 총을 겨누는
비극

다시 또 당신들은
경험하고 싶나요
작은 민족, 작은 땅
그저 사촌이 땅 사면
배 아픈 나라로 전락하고 싶나요

누가 잘못을 하면
매몰차게 도덕을 잣대로
무덤 속으로 보내고
시기하고 질투하고

당신의 땅과 민족은
얼마나 얼마나 큰마음을 가지고 계신가요

나는 공감을 이야기합니다
나는 죄인이었습니다
이제 형기를 다 마쳤습니다
언제까지 저를 묻어 버리실 건가요
언제까지 저를 매장시킬 건가요

법을 잣대로 삼아
도덕을 잣대로 삼아
관용도 용서도 화해도 모르는
나는 조국을 떠나고 싶소

더러운 세상
작아 빠진 세상
좀팽이 세상
겨우 목숨 부지하려는 세상

아무 미련이 없다오
나에게는 게임이라는 천국이 있거든요

현실이 아닌 가상의 세상

나에게 자유를 주시요
그 대신에 나의 민족은 잔치를 얻을 것이요
울지 않는 잔치
버려지지 않는 잔치

제발이건대
작은 민족은 꿈꾸지 마십시요
이간질과 조리돌림에 매몰되는 그런 사회가
되지 말아 주십시요

나는 매장되기를 원합니다
몇 날 며칠을 술을 먹다 그렇게 죽어도
당신들을 원망하지 않습니다
하지만 우리에게는 숙제가 있습니다
큰 나라
큰 민족
사랑과 관용과 용서와 화합이 있는
너와 내가 살아 숨 쉬는 나라

내 꽃은

내 꽃은 고향에 피는 진달래
봄이면 어린아이도 마중 나오는 진달래
학교 갔다 오다가 달콤하게 입을 적셔 주는 진달래

내 꽃은 봄이면 봄비에 새록새록 돋아나는
고향의 고사리
성수 엄마도 미라 엄마도 야래 할머니도
산으로 산으로 세월을 잊고 꺾는 고사리

이제 고향엔 누가 있을까
아이들은 다 워디로 갔고
할머니 할아버지가 지키는 고향 꽃

땡볕에도
늙음에도 쉼 없이 일하는
내 고향 꽃

낙엽은 가을에만 떨어지는 것은 아냐

우연히 알게 되었지
네가 내 곁에 떨어져 있다는 것을
너는 아직 싱그러운 잎으로
살았어야 하는데

우연히 알게 되었지
네가 내 곁에서 말라져 가고 있다는 것을
아직 너는 떨어져 나가야 할
한 잎이 아닌데도 불구하고

우연히 알게 되었지
네가 내 곁에서 웃고 있는 것을
다 말라져 비틀어져 가고 있는데도
하나도 슬프지 않은 모습으로

우연히 알게 되었지
너는 마냥 푸릇하게 살랑일 줄만 알았는데
푸른 모습 속에서도 끊임없이 나팔을
불고 있었다는 것을

피우다 만 담뱃재의 불똥이 너에게 떨어져도
활활 타오르지 못하는
너는,
또 다른 세상의 낙엽

봄인데 낙엽이 떨어진다
떨어지고 나서도 살랑거리는 너를 발견하곤
우연히 알게 되었지
낙엽은 가을에만 떨어지는 것은 아냐

초록이 연두에게 말하다

연두야, 오월이야
네가 사랑하는 오월
만물이 흘러넘치는 오월
실록이 어둠 속에서 눈물을 흘렸던 오월
새 생명이 어린이가 되는 오월

너는 웃고 있지
햇살을 머금고 초록인 나를 향하여
해맑게 나도 너처럼 성년이 될 거야

하지만 연두야 어림없어
나처럼 된다는 것은 모진 풍파를 함께 겪는 거야
할 수 있겠어
연두야 그런데 너에게 햇살이 비추고 있다는 거야

연두에게는 볕이 있고
연두에게는 바람이 있고
연두에게는 구름이 있고
연두에게는 비가 있고
넌 모자란 것이 없는 아이야
난 네가 부러워

하지만 연두야
나는 너를 부러워하지 않아
돌아보니 나도 너와 같은 시간이 있었던 것 같아

연두야 연두야
내가 옛날이야기 들려줄게
옛날에 옛날에
아주 옛날에

나의 나라

허리가 잘린 나라
남들에게 제 문제도 해결하지 못하는
손가락질받는 나라
아파도 아픈지 모르는 무통의 나라

푸른 오월인데도
동무가 뛰어놀고 있는 뒷동산으로 갈 수 없는 나라
남들은 말하지요 바보 같은 나라라고
남들은 말하지요 항상 찌푸리고 있다고
그래요 우리는 바보들입니다

영변 약산의 진달래가
영변 핵무기장으로 탈바꿈되어지고
우리는 공포를 조성합니다

너를 향해 욕을 하고
나를 향해 욕을 하고

우리는 살기 위해 이렇게 살지요

나의 나라는 허리가 잘린 나라
성형으로도 쉽게 고칠 수 없는 나라
그런데도 너를 잊을 수 없는 것은
그런데도 너와 함께하고 싶은 것은
우리는 천생 하나라는 것

나의 나라는 허리가 잘린 나라
이렇게 얼마 살 수 없을지도 모르지요
이렇게 우리는 살았습니다
누구를 욕하지 않아요

봄이 왔네요
주룩주룩 내리는 봄이 왔네요
하지만 너에게 갈 수 없어

네 얼굴이 보고 싶어
네 얼굴이 몹시 그리워
하지만 너에게 전화도 할 수 없어
휴대폰이 두 동강 났기 때문이지

다 내 잘못이야
내가 휴대폰을 함부로 다루었기 때문이지
누굴 탓하겠어
하지만 맨발로라도 뛰어갈 거야

나의 나라는 허리가 잘린 나라
꿈을 꾸다가 벌떡 일어나질 수밖에 없는 가위눌림이
늘 찾아와서 잠을 통 이룰 수 없는 나라
제발,
나를 그만 좀 놀려
제발,
나의 병을 고쳐 줘

나의 나라는 아침의 나라
언제나 활짝 웃으려고 노력하는

나의 나라는 점심의 나라
언제나 너희들을 배려하려고 하는

나의 나라는 저녁의 나라
언제나 누구에게나 편안한 마음이 드는

별이 잠든 하루

밤새 떠들다 간
낮에 별이 잠들었다
밤새 술을 마시다 간
낮에 별이 잠들었다
밤새 일을 하다 간
낮에 별이 잠들었다
밤새 울먹이다 간
낮에 별이 잠들었다
밤새 시를 쓰다 간
낮에 별이 잠들었다

햇볕을 쏘이며

고독을 삼키는 것은 나의 몫
누구를 탓하지도 않아
힘없는 눈동자만 부라릴 뿐

너에게 가고 싶은데
만사는 그렇게 쉬운 것이 아냐
너는 너대로 지치고
나는 나대로 지치고
우리는 걸인이 되어 가지

먹을 것 하나 없어도
너만 있다면
고독은 달콤할 거야

햇볕을 쏘이며
담뱃재마냥 까맣게 타들어 가는

너를 발견한다
그게 바로 나였어

시를 쓰다 말고
달려간다
바람 타고 구름 타고

개미야, 개미야

어디로 가니
먹을 것도 아무것도 없어 보이는
검정 아스팔트 위를 뜀박질하며
어디로 가니
날이 좋아 나들이라도 가는 거니

너를 보면 참으로 신기해
맨날맨날 쉼 없이 뛰어다니는
너를 보면
그렇게도 빠를 수 없는 쩨끄만
너를 보면

비가 내리면 네가 어디로 꽁꽁 숨는지
참으로 궁금해
행여 비가 내리면 집에 비가 새는 것은 아닌지
참으로 걱정돼

개미야, 개미야
마지막으로 하나만 물어볼게
홍수가 찾아와도 차가운 눈이 내려도
너희들은 어떻게 종족 보존을 할 수 있는 거야

땡볕에 어디론가 가는 너를 보며
상념에 젖는다

개미야, 개미야
잘 살아야 돼
기쁘게 살아야 돼

웃는 것은 내가 가르쳐 줄게
하하하,
호호호

외로운 버스 정류장

아무도 없는 버스 정류장에서
너를 기다린다
오지 않는 너를 기다리는데
생각하지 않은 버스가 온다
목적지가 같으면 될 뿐
아무 생각도 나지 않는 버스가 달린다

너는 너대로
나는 나대로
살고 있는데
눈물 젖은 버스가 달린다

이맘쯤 살았으면 될 법도 한데
고향은 자꾸만
달리는 차창 너머로
뒤달리고

나는 앞으로 간다

어쩜 우리는 다시 만날 수 없어
그래도 버스는 앞만 보고 달린다

이제야 고백할게
다 필요 없어
영미, 하나면 돼

날은 아직도 대낮이고
깨어날지 모르는 방금 마신 술은
새참인가

나는 너에게로 간다
멈춰선 철길이어도
너에게로 간다

이것이 뭐다냐

돈 한 푼 있으면
그저 술 한 잔
그저 밥 한 숟가락밖에 안 되는데
이것이 뭐다냐

다들 돈이면 불나방이 되고
다들 돈이면 웃어들 죽지라
기분이 째지고 겁나 좋아 불고
이것이 뭐다냐

그놈이 사람 다 버려 놓고
그놈이 사람 다 바꿔 놓고
그래도 조타 카는 기
참말로 심장이 벌렁벌렁 그라누만

누가 좀 말려 주소
내도 돈 있으니 맨날 술 처먹고
이제는 알코올 중독자

세상이 다 변한다 캐토
니는 안 변하겠제
대체,
이것이 뭐다냐

내 아버지

내일이 어버이날인데
그리운 내 아버지, 워디 가셨대요
아무 말씀도 안 하시고 떠난 길

이제 아버지 돌아가신 그 나이가 다,
돼 가는데
아직도 나는 어리광쟁이

아버지께서 유산으로 남겨 주신
술 몇 잔이
자꾸만 가슴팍을 찔러 댑니다

어쩌면 그곳에서도 편하지 못할
내 아버지
왜 이리 자식을 못나게 낳으셨는지

어버이날이 내일인데
갈 곳이 없어
하늘에 계신 아버지와 술을 나눈다

아버지 워
해장국에 소주 한 잔이지만
그래도 아버지와 나 아입니꺼
초라해도 찬란한 술자리

아버지는 듣는 둥 마는 둥
나는 천국에 있소이다
나에게 고향을 이상의 나라로
생각하게 만든
나의 아버지

감나라 밤나라
활짝 피어나는 고향의 내음
천 리 길도 마다하지 않는 발걸음

근데, 고향 갈라믄 워치게 간대요

나에게 국가란 없다

모든 권력은 국민으로부터 나온다
나에게 서울은 없다
나에게 경기도는 없다
나에게 강원도는 없다
나에게 충청도는 없다
나에게 전라도는 없다
나에게 경상도는 없다
나에게 제주도는 없다
나에게 조선민주주의인민공화국은 없다

나에게 있는 것은 헐벗은 국민이 있고
나에겐 흑백으로 보이는 노동 현장의 국민이 있고
나에겐 사무치는 고독과 함께하는 국민이 있고
나에겐 통곡하는 노래를 불러 대는 국민이 있고
나에겐 취하지 않고서는 살 수 없는 국민이 있고
부끄러움에 쉽사리 말 못 하는 지식인이 있다

아파도 살아야 하는 세상이 있다
질질 걸음이어도 유모차를 앞에 세우고
걷는 걸음이 있다
휠체어를 타고라도 걷고 뛰는 세상도 있다
아직도 만나지 못한 우리가 함께 살아가야 할
세상이 있다

이제 꿈을 꾼다
국가가 있는 국가를 꿈꾼다
모두가 미처 국가를 사랑하는 국가를 꿈꾼다
국가를 찬양하는 국가를 꿈꾼다

내가 사랑하는 이웃과
내가 사랑하는 동료와
내가 사랑하는 친구와
내가 사랑하는 별과
내가 사랑하는 꽃과
내가 사랑하는 시간과

국가가 있는 국가를 꿈꾼다

신께 드리는 감사의 글

신은 너와 나의 입맞춤을 허락하였다
아프고 아픈 너와 나의

신은 우리에게 사랑을 허락하였다
꼭꼭 숨기고 싶은 사랑을 허락하였다

신은 우리에게 삶을 허락하였다
모진 삶 속에서도 너를 만날 수 있는 시간을

신은 우리에게 만물을 허락하셨다
우리가 만물과 함께할 수 있는
자유를 허락하셨다

신께서는 모든 것을 허락하셨지만
어떤 말씀도 안 하신다
신께서도
우리 인간을 존중하신다

꿈이 있는 그대에게

별이 왔어요
울지 않는 별이 왔어요

날 지금과는 다른 곳으로 데려갈
별이 왔어요

다들 울지 말라고
또 다른 길이 있다고 말을 하는데
별이 왔어요

다, 꿈인 것 같은데
당신이 있는 마을에
내가 있는 마을에
별이 쏟아지고 있어요

꿈이 있어
별이 와요

낙서장

방향을 잃은 글들이
어디를 향하는지 모르고
길을 떠난다

어쩜 가슴에 쓰는
작은 메모
나의 낙서장

타투처럼 피부를 적시며
똑바로 응시하는 너를 따라간다

네가 가는 곳이라면
어디든 가겠다고 다짐한 양
마구마구 긁적인다

까만 글들이 투영되어
나의 눈망울은 더욱 까매지고
펜대는 자유를 갈망한다
가고 싶은 여행을 떠난다

쓰다 만 낙서장에
별을 그린다

낙서장이 반짝반짝 빛이 난다

외로움에 젖은 허수아비

세상이 원하면
간 쓸개도 다 내어 주는
천치 중의 천치

아무것도 가진 것 없이
달랑 남이 입던 옷 하나 걸치고
다리는 외다리
제대로 서 있지도 못하는 외다리

바람 불면 모자를 푹 눌러쓰고
세상이 시키는 대로 다 하는 꼭두각시

지나가는 강아지도
팔려 가는 송아지도
눈 두지 않는 외다리 꼭두각시

그래도 나는 살래요
뭐라도 해 보라고 말해 보세요
나는 말뚝이 되어 세상을 바라보는 꼭두각시

어불성설 2

지폐 그 몇 장
천 장이고 만 장이고
찍어 낼 수 있는데
워찌 그런다냐
다들 돈이면 자빠지고 나자빠지고
줘도 줘도 더 달라 카는 돈

니놈이 미친 것이냐
니년이 미친 것이냐

사람은 온데간데없다

돈이면 다 된다고 했잖아유
내가 대통령 될라 카는데
한 오만 원이면 되는교

다 가고 없다
빈집에서 돈을 세고 있다

내 지갑엔 얼마 남았지

다 줄까

너에게 1

사랑하는 것들은
밤에도 날개를 단다
날개를 달고 어디론가 날갯짓을 한다
향하는 길이 어딘지도 모르면서

사랑하는 것들은
눈물을 잊어버렸다
응당 사랑을 받아야 하는 것도
잊어버렸다

시간을 불문한 노동은 피로를
잊게 하고
피로는 몸속으로 스며든다
까만 밤 속으로 스며든다

나의 동료는 나비

캄보디아에서 온 불법 체류자 나비
오늘도 날갯짓을 하는
어디론가 날아가야 하는
꽃잎을 향해 날아가야 하는
하지만 지금은 깜깜한 밤, 꽃이 보이지 않는 밤
내일이 불투명한 오늘

사람은 죽어서 이름을 남긴다
노동자는 깜깜한 밤에 제품을 남긴다
어떻게 살아야 할 것인가는 중요하지 않다
다만 외로운 시간이 그들의 어깨에 매달려 있다

잠을 청하다 너에게 간다
붉은 병석이에게 간다
까만 병석이에게 간다
돈이 아까워 소주 한 잔 마시기도

버거워하는
허름한 병석이에게 간다

이 시간이 지나면
아침이 오겠지
눈이 저절로 감기는 아침이 오겠지
다 일하러 가는데 나만 자는 것 같은
아침이 오겠지

홀로 잠을 청한다
까만 벽지들 안에서 하얀 내가 잠으로 간다
검은 벽지를 타고 한 줄기 내리쬐는 햇볕이
혹시 희망일 거라 생각하며
나는 잠을 청한다
너에게로 간다
황망한 꿈으로 간다

너에게 2

사랑하는 사람이 잠을 자고
사랑하는 사람이 잠을 자야 할 시간 노동을 하고
사랑하는 사람이 철저히 외면하는 시간
홀로 달콤한 커피 한 잔,
복이 절로 겹구나

훤한 아침이 오는데도
아직 어둠은 걷히지 않았어
아직도 너에게 가는 캄캄한 밤
무엇을 얻기 위함이 아니야

너를 만나기 위한 밤이 설레었기에
밤중에 너는 유난히 밝았기에 길을 떠납니다
너와 함께 낮을 즐기기 위해
함께 손을 잡고 춤을 추기 위해
덩실덩실 두둥실 두둥실

참사랑은 어쩜 더 외로울 수 있지
너의 가슴을 파고들어 가는 것이
참고통일 수 있지
부끄러운 나를 참회하며 너에게 가는 것이

아무것도 아닌 인생이라 생각하며
너에게 가련다
그래야 덜 부끄럽지
그래야 널 만날 수 있지

너와 살갗을 비비며
지나온 과거를 이야기하기도 하며
앞으로의 미래를 설계하기도 하며
그렇게 가자
앞으로 가자

참사랑은 어쩜
너와 내가 있다는 사실
이 사실이 내일을 꿈꾸는 것

사람 사는 세상

어떤 꽃은 작게 피기도 하고
어떤 꽃은 큰 꽃으로 피기도 한다
어떤 풀은 키가 크기도 하고
어떤 풀은 낮게 땅을 기며 살기도 하고
어떤 나무는 슬퍼서 매일 같이 울기도 하고
어떤 나무는 찡끗 미소를 띄우기도 한다
이 모두가 사랑해서 나타나는 현상이다
사랑해서 서로 같은 것이 없는 것이다
사랑해서 나 아닌 너로 존재하는 것이다
아무리 울어 대도 쉽게 바뀌지 않는 것이
사람 사는 세상이다

나는 오늘 창가에 기대어 너를 노래한다
너의 안부가 달빛을 타고 내려오는 것에
안심을 하고
너의 오늘과 내일을 축복한다

쉽사리 허락되질 않을 시간들이어도
너와 나는 한 공간에 있다는 것이다
작게 바라보면 우리는 이별하여 있지만
크게 바라보면 우리는 함께 이웃하고 있는 것이다

그래서 네가 있다는 것이 행복이다
그래서 아직 살아있다는 것이 행복이다
어쩜 너에게 말을 건넬 수 있다는 기대에 살고
어쩜 너에게 시를 쓸 수 있다는 기쁨에 살고
사이사이로 내리는 눈물에
아, 이것이 사람 사는 세상이구나

봄이 뉘엿뉘엿 유년의 처마 밑으로 사라져 가고
설익은 여름을 노래하러
나는 뜨겁게 몸을 달군다
땀을 뻘뻘 흘리는 대장장이가 되어

인간사 빨갛게 물들이러 간다
인간사, 뜨거운 쇳덩어리가 더욱 단련되게 물속으로 가듯
취이익 취이익 식어 가는 연기를 내뿜으며
너와 내가 있는 세상 속으로 간다

어이, 자네!
자네 말여

사랑하는 것들에 대하여

이별을 하기가 두렵다는 것을 안다
적잖이 두렵지만 우리가 이별하는 것은 인연이다
인연이 이별을 말하기에
우리는 손수건으로 눈물을 훔친다
너의 흔적을 흘리는 것이다

오늘 나는 너를 부른다
불러도 대답이 없는 너를 부른다
불러도 오지 않을 너를 부른다
목 놓아 부르지 않고 슬퍼서 웃으며 불러 댄다

아침나절에 너를 보았다
살아 보려고 애쓰는 너를 보았고
누군가와 친근해지려는 너를 보았다
나는 책 속에서 너를 보았다
모두가 불러 대는 외로움의 노래

모두가 흔들어 대는 외로움의 춤

멀리 보이는 저 산으로 간다
저 산에 올라가면 네가 보이겠지
올라가 본 산이지만 그때는 바다가 보였지만
아주 작게라도 네가 보이겠지
창공을 날으는 비행기에서 바라본 땅에
기어가는 개미만 한 크기여도
제발 보이기만 한다면

너에 대한 갈증은 술 한 잔을 불러 대고
늙어 가는 나의 모습은 너를 자꾸 거부하려 한다
가까이 가고 싶어 하는 마음과는 정반대로 움직인다

모두가 끝이라고 말할 때
사랑하는 것들은 말한다
분명하게 말하겠는데, 아직 끝나지 않았어
사랑이라는 것은 결말이 없는 노래
우리가 반복하여 부르는 삶의 진혼곡

너에게 술잔을 건넨다
너에게 피우다 만 담배 한 모금을 건넨다
우리는 죽기 전에 다시 만날 수 없을지도 모르지
건넬 수 있다는 마음을 전하고
이별하련다
다시 만나기 위해
사랑한다고 말하기 위해

죽음을 축복하다

기쁨을 주고 갔나니
사랑을 남기고 갔나니
아쉬움을 남기고 갔나니
그리움을 남기고 갔나니
아픔을 남기고 갔나니
아무것도 없이 와서
아무것도 가지고 가지 않았나니
죽음을 축복하다

너의 음성은 생생한데
아직도 곁에서 숨을 쉬는데
그래도 아픔을 아픔으로만 생각하지 말자
그래서 죽음을 축복한다

언젠가 나도 그대들 곁에 가리니
그때 마중 나올 수 있다면 고맙고

바쁘다면 못 나와도 서러워하지 않으리니
부디,
죽음을 축복한다

네가 먼저 가고
내가 나중에 가고
내가 먼저 가고
네가 나중에 오고
우리는 그렇게 시와 공간을 초월하고
삶을 지탱하는
살아서도 죽어서도 친구

짝꿍, 역지사지

노동을 하는 것도 노동 운동이다
멍청하게 일만 하는 것 같지만
속을 드러내지 않는 노동 운동을 하는 것이다
죽은 전태일이 노동 운동을 할 수 있도록
짝꿍이 되어 준 것이다

우리가 하루를 보내는 하루도 정치 행위이다
시계추처럼 왔다 갔다 하는 것 같지만
마음으로 세상을 내다보는 정치를 하는 것이다
입으로 떠들어 대는 정치를 할 수 있도록
짝꿍이 되어 준 것이다

너를 생각하면 아파서
노동 운동을 하고 정치를 하는 것이다
나도 그렇다
너를 바라보면 아프고 너를 바라보면

불만투성이이다

그래도 우리는 짝꿍이라는 것이다
가끔 책상에 선을 그어 놓고 넘어오지 말라고 하지만
금세 친해지기도 하는 짝꿍

어제의 그림들이 지나간다
참, 그럴 때도 있었지
그렇게 지나간다

무엇을 이야기하기 전에
너를 찾아 여행을 떠난다
그리고 나를 찾아 여행을 떠난다
미래로 가는 짝꿍끼리 칭찬을 해 줄 수 있는
여행을 떠난다

역지사지

누구도 어리석은 사람은 없다
다만 자족하고 불만하지만
그것은 그 사람 고유의 특성이다
네가 특유의 리더십을 발휘하는 것도
너만의 특별한 개성이다

그래서 우리는 이해하고 또 이해하고
너를 부러워하기도 하며
너를 위한 앞날을 설계하기도 한다

우리는 대롱대롱한 풀잎과 이슬이다

삶

그냥 술이나 마실 것을
뭘 그리 욕심을 내는지
부끄럽고 또 부끄럽다
널 보고도
아무것도 나눌 수 없고
그냥 퀭한 눈으로 바라볼 뿐
그냥 술이나 마실 것을

네가 어떻게 살았는지
내가 알아서 뭐 하랴마는
널 보면 마음이 서글퍼지고
널 보면 부끄러워진다

도망치는 것이 최선이란 것을 알지만

하루의 해는 아직도 중천에 떠 있고
어둠이 오기만을 기다릴 뿐

사랑하는 것에 대하여

사랑하는 것들을 곁에 두고
사랑하는 것들을 떠날 생각을 한다
아니 어쩌면
사랑하는 것들에 가기 위해
생의 마감을 노래하고 있는 줄도 모른다
누구도 나와 같지 않으니

사랑하는 너를 그린다
조금은 못생겼지만
네가 자꾸 그리운 것은
네가 시를 쓰기 때문이리라

나는 천천히 너를 지우개로 지우고
내가 꾸는 세상으로 가려 한다
네가 없는 세상에서 너를 그리워하려 한다

다 잊을 수 있을 거라 생각한다
어쩜 지나간 세월은 한 편의 시라고 생각하며
또 다른 시를 쓰려 한다

아프지 마라
시가 말을 해 놓고 시가 딴청을 부린다

가자, 가자
시가 있는 마을로 가자

너를 진심으로 사랑할 수 있는
너를 진심으로 미워할 수 있는
세상 속에서 우리는 함께 무지개를 그리자

모든 것이 상념의 시간으로 흘러가고
나는 다시 뒤적뒤적 써 나간다
뒤적뒤적 소주를 마신다

꽃이 피는 시월

낙엽이 지는 시월이 떠오른다
하지만 꽃이 피는 시월을 생각한다

너의 얼굴에 환한 꽃이 피고
나의 얼굴에 여운의 꽃이 피고

가을 녘 공장에도 꽃이 피고
너와 나 사이의 책상에도 꽃이 피고
우리의 손들에 너에게 건네는 꽃이 피고

아픈 것이 떨어지며
새 생명을 움트는 시월의 꽃

설레는 가슴 한편의 꽃들도
너에게 보내는 편지에
꼬오옥 담아 보내련다

그리고 다시,
꽃이 피는 시월

풀을 바라보며

쉽게 너를 바라본다
누가 너를 쉽게 밟으랴
살아가려고 애쓰는 너를 누가 쉽게

아픔도 없이 피어나는 너
하지만 나는 너를 바라보면 아프고
나는 고개를 숙인다
너에게 감사하는

너를 밟지 않으려고
보도블록 사이사이를 밟는다
행여, 네가 다칠까 봐

살아 있는 것 중에
가장 강한 풀이여
너조차도 가끔 눈물을 흘리고

흘린 눈물을 훔치고

사방팔방에 네가 있다
그것이 흡족함이고
우리가 살아가는 희망의 까닭일 수 있다
너처럼 살아야지

풀이 이름 없이 흔들거린다

흐뭇한 편지

널 생각하며 쓰는 편지는 흐뭇하다
널 생각하며 쓰는 편지는 흐뭇하다
하루 종일 울다가 널 생각하며 편지를 쓴다
이것이 유일한 낙이라고 생각하며
너는 이 세상에 없는 누군가이다
한 번쯤은 봤을 수도 있는데
내 기억 속에는 네가 없다
그래도 편지를 쓴다
희망이라는 글자가 편지지 위에 투영되고
편지지 위에 구름이 흘러가고
편지지 위에 바람이 불고
편지지 위에 비가 내린다
너에게 가고 싶은 마음을 담아
다 쓴 편지를 고이 접는다
너에게 붙일 편지를 풀칠하고
밀봉을 한다

담 생에라도 너에게 붙일 수 있다면

널 생각하며 쓴 편지가
고맙고, 상냥하다
그래서, 흐뭇하다

정치를 한다

미친 것들이 정치를 한다
개뿔, 뭣도 모르는 것들이
정치를 한다

편협한 것들만 골라서
말을 하고
세상 워치게 돌아가는지도
모르는 것들이
정치를 한다

그저 권력에만 욕심이 있고
영달에만 관심이 있고
찢어지는 국민은 안중에도 없는 놈들이
정치를 한다

누구 하나

살아 있는 모든 노동자들을 위해
노래를 하지 않는다

다 가고
아무도 없어도 된다
작은 그릇들이 딸랑이는 이 밤
길가는 길냥이에게 말을 건넨다

오늘 밤도 잘 지내야 돼

별 헤는 밤*

고향은 워디 있지
가고 싶은 고향인데
고향은 별이 떠 있을까

별안간 승만이 당숙과
동전으로 벽치기를 하여
동전을 따먹던 우리는
서너 살 차이

다 가고 없지
고향은 워디 갔는지 아무도 모르지

삶을 지탱하고 있다는 것이
고향의 잔상으로 남아

---

*   윤동주 시인의 「별 헤는 밤」이라는 시의 제목 인용.

우리는 곁에 있는
우리에게로 간다

별것 없어도 돼
고향은 어쩜 벌거벗었을지도 모르지
어차피, 다 도시로 떠났는걸

그래도 고향이 좋아
태어난 곳,
머물던 곳,
함께 있었던 곳,
우리가 사랑하던 곳,

머지않아 고향에 갈 거야
아버지 묘소가 보여도 외면하고
야래 할머니 안부를 먼저 물을 거야

고향은 어쩜 우리들의 무덤
그곳으로 가지 못하더라도
그곳에 묻히는 무덤

한 번쯤
너를 향한 그리움

그리움이 머물다 한참을 조용하게 있는 저녁

탁배기 한 잔 주시오

어이, 주모
탁배기 한 잔 주시오
세상만사 다 잊어버리게
탁배기 한 잔 주시오
김치는 반만 주고
두부는 반만 주시오
탁배기는 고꾸라질 때까지 주시오
계산은 내 글랑에 있응께
취하면 꺼내 가시오

모든 것이 떠난 후

다 떠나고
어디로 갔는지
흉흉한 그리움만이
입술을 적신다

나는 황하로 가야지
누런 흙탕물에 내 몸을 씻고
세속을 벗어야지
벗다 벗다 다 못 벗으면
한국에서 가져온 자장면 한 그릇
뚝딱,

잊어버리자
떠난 것을 잊고
다가올 것을 잊고
모든 것을 잊어버리자

녹슬어 버린 내 눈에 앙금이 떨어지고
모든 것은 잡념과 일상의 사이에 있나니

나는 거꾸로 간다
풀처럼 엉거주춤 기어서 간다
앉은뱅이가 되어서 간다
가다 다 못 가면
흘리던 눈물마저 감싸안고 떠나리

너와 나 사이

너는 시를 읽고
나는 일을 하고
너는 책을 읽고
나는 생맥주를 마시고
사이 사이에 꽃이 핀다
사이 사이에 웃음이 먹물처럼
화선지를 적신다

너는 세상에 하나뿐인 소녀
이름을 되뇌면 웃음이 번지는 소녀

수건을 접고 있을까
된장국을 끓이고 있을까
골똘한 너를 그리며 보내는
퇴근 후의 생맥주 타임

너에게 보낸다
내 귀에 들려오는 음악과
약간 떨어진 곳에서 들리는 사람들의 두런거림과
내 마음에 사알짝 피워 내는 새싹을 보낸다

어쩜 아무것도 없는 일상에
휘어지지 않는 직선을 그으며
그 위에 아슬아슬하게
너와 내가 올라타는 상상을 한다

그림 속엔 휘어지지 않는 직선과
너와 나,
둘뿐이다

여름이 진다

들려오는 노래 한 곡에
낙엽처럼 여름이 진다

사랑도 여름처럼 질지 몰라
폭염은 우리를 가르지 못하지

그런데
난 일탈을 꿈꿔
여름이 지든 말든
내가 살아지는 대로
내가 살고 싶은 대로 살고 싶을 뿐

눈치도 없는 여름은 마냥 조용해
나는 들이댈 거야
나를 우습게 생각하는 여름에게

넌 얼마 안 남았어
기껏해야 삼 개월
네가 조신해야 되는 이유를 알겠지

미안, 그 전에
난 죽을 수도 있어

여름이 진다
낙엽처럼 지고
너의 오늘 흘린 땀방울처럼 진다

아쉬워하지 말자고 말하지만

너와 함께한 여름이
한편으론 가슴 설레게
한편으론 가슴 아프게 진다

어찌 돼도
울지 말기

기도 1

널 위해 노래를 하고
널 위해 눈물을 흘리고
가끔은 가슴이 턱, 하고 막히며
할 수 있는 것은 묵상

네가 너를 잠식하고
아무리 가려 해도
손을 맞잡기는 어려워

너의 낡아 가는 눈빛이
점점 초점이 흐트러져
눈물샘을 자극한다

가야 한다,
청명한 하늘에 꽃을 피우기 위해
사다리를 - 놓고

한 걸음 한 걸음

그 높은 하늘에서
네가 다 들릴 수 있도록
기도를 하고
노래를 하고
다 했다 싶으면

점핑

인환이 형

싸움을 못하던 나를
늘 지켜 주던 형

누군가 나를 괴롭히면
나를 지켜 주던 형

No.1은 아니었지만
두 번째, 혹은 세 번째였지만
나를 안아 주던 형

가끔 형 집에 가면
보리밥에 고추장 쓱쓱,
함께 비벼 먹던 형

어린 날의 버팀목이
이제는 머리 희끗하게 변해 갈
꼬마로 남아 있는
나의 인환이 형

창녀에게로 간다

세상에서 가장 외로운 창녀에게로 간다
나보다 정직하고
나보다 세상을 위해 헌신한
창녀에게로 간다

시를 쓰기 위해 간다
네가 있는 곳에서 상처를 받고
욕을 하며
제발 그렇게 좀 살지 말라고 말하며
나도 아프고
너도 아픈 창녀에게로 간다

왜 그렇게 살아야 하는 것이냐
내가 어떻게 너의 인생을
알 것이냐마는

오늘도 너를 부르는 잔인한 목소리와

오늘도 너를 부르는 처절한 목소리와
민주주의를 갈망하는 함성엔
너는 없다
너는 그냥 스쳐 지나가는 말로
할 짓이 없어서 몸이나 파는 사람이지

너희들도 나와라
너희들도 광장으로 나와라
광장에서 함성을 지르는 것이다
'야, 이 미친놈들아'라며
네가 헌신한 5000년 덕에
생존의 턱 밑을 넘었나니

너는 가여쁘다
누가 너를 욕하겠는가
누가 너를 참수하겠는가
검은 마스크를 쓰지 말고 당당하게,
맨얼굴로 광장으로 가라

그리고 이렇게 말하라
민주주의는 내가 이루었나니

역류

거꾸로 가자
강으로 가는 것이 아니라
좁은 물살을 뒤엎고
꼬리를 흔들어 가며
작은 물줄기가 흐르는
고요한 물줄기가 흐르는
산으로 가자
어서, 어서 가자
별소리 들리는 산으로 가자
별소리 들리지 않는 산으로 가자

작은 논빼미 하나 벗이 되어 주는
정금나무 살랑이는
돌멩이 밑에 가지런히 숨어 있는
가재가 있는
산속의 작은 물꼬로 가자

혼자 가기 힘들어
꼬리를 흔들고 흔들어도
자꾸만 제자리 같더라도
포기하지 말자
가슴으로부터 흘러나오는 눈물로
냇물을 적셔 가며
거꾸로 가자

살아 있는 친구들이
졸졸졸 따라오는 쫄쫄쫄 냇가로 가자
냇가에서 추억하리니
바다는,
강물은,
세상이었다고
우리가 함께 있는 세상이었다고

편지

아빠가 살면서
전해 준 편지를 읽는다
어떻게 살아야 하는지
말하지 못한
편지를 읽는다

아빠는 다 못 한
편지를 읽는다
대충 살라 이야기한다

편지는 이승과 저승 사이를 오가며
눈물을 적시지만
하나도 눈물이 안 난다

아빠는 하늘나라
나는 대한민국

꿀리지 않을 편지를 읽는다
다시 살아도 후회되질 않을
편지를 읽는다

아빠, 걱정 마이소
충청도 놈이
경상도 사투리를 쓴다

아빠인 내가
또, 아들에게 편지를 쓴다
울지 않는 편지를 쓴다

돈은 다 써도
너만 건강하면 돼

자화상

사랑하러 가는데
한편, 울고 싶지 않다
사랑하러 가는데
왜 울어

남들처럼 살아야 하는데
그래야 사랑할 수 있는데

한 번도 제대로 사랑도 못 한
바보

너무 울어서
이제는 지겹다
그렇게 살아야 하는데
그게 되지 않는다

찬 바람이 어깨를 감싸고
떠난 여인을 그리워하고
다가올 여인을 그려 봐도
세상에는 홀로

도종환처럼 살고 싶지도 않은데
나는 왜 점점 노무현이 되어 가는가
자문을 하여도
대답은 없고
눈물만 흐른다

얼굴에 침을 뱉거라
쓱쓱 닦고서
다시 세상으로 가리니
얼굴에 욕을 하거라
눈물로 씻고 가리니

너희들처럼 살아야 하는 오늘을
끝내, 지워 버리려니

억압에 눌린 이 땅의 심장들이
나의 심장을 두근거리게 한다
나를 자꾸 세상 밖으로 불러 댄다
못생긴 얼굴짝 빳빳하게 들고
거울을 본다

거울 속에 사람
누구지?

영미에게

영미야,
우리 소꿉장난하자
네가 엄마가 되고
내가 아빠가 되고
내가 엄마가 되고
네가 아빠가 되고
환하게 웃는 소꿉장난하자
집도 있고
가전제품도 넘쳐나고
이쁜 옷도 많은
소꿉장난하자
그리고 별장도 만들자
흙으로, 손으로 만든 작은 별장도 만들자
너랑 나랑 만개한 웃음 짓는

질서

줄을 섭시다
차례차례 줄을 섭시다
양심은 저버리고 줄을 섭시다
선생님이 줄을 서라니
아이들은 줄을 섭니다

아이가 어른이 되었습니다
줄을 서는 것이 변형이 되고
서로 앞다투어 줄을 섭니다

줄을 서야지요
나는 없습니다
줄 속에 종속이 되어 버린 우리

따뜻한 날의 빨랫줄에 옷들이
반짝반짝거립니다

최고의 선택

이쯤 하면 될까
아냐?
저놈들을 분열시키는 거야
그래야, 충성하려 하고
그래야, 내가 돋보이지
그래야, 한 놈은 죽어도
끝내 한 놈은 살아남을 테니
내가 손해 볼 것은 아무것도 없어
결국은 지들끼리 싸우는 거니까

이쯤 하면 최고의 선택이겠지
이히히

꽃이 핀다

청명한 하늘에 꽃이 핀다
아무도 보지 않는 꽃이 핀다
비가 내리는 하늘에
꽃이, 핀다
아무도 알아보지 못하는
꽃이 핀다
죽은 꽃이 살아서 피고
산 꽃이 죽은 것처럼 핀다

뭐라 해도 욕하지 않는
꽃이 핀다
희생당한 것은 아무것도 없는
꽃이 핀다

세월 따라 꽃이 피고
세월 따라 잊혀져도

피고 또 핀다
사랑처럼 꽃이 핀다
아름드리나무처럼

노동자

노동자는 울 줄을 모른다
낮이고 밤이고 일만 한다
노동자는 업무 시간에
일만 한다
그게 그들의 삶이다
잠시 소변 보러 갈 뿐
대변도 보지 않는다
노동자는 바보다
그냥 관리자가 일하라는 대로
일만 한다
겸손이 몸에 배었다
기계처럼 아무 말이 없다
가끔 표현하지 않는 가슴의
서걱거림만 있을 뿐

오늘도 내일도

노동자는 울음 대신
일을 선택할 것이다

일해야 먹고살제
그래야 자식 놈들 그나마 건사할 거 아이가

노동자는 독립투사다
아무에게도 자비를 선물받지 못하는

너는 노동자
너는 천치, 바보리

그래도 좋단다

천생,
사람

눈물이 흐르는 섬이 있다

아무도 없고
시 같은 계곡이 흐르는
섬이 있다

섬 이야기는 너에게서
너에게로 전해지며
사람이 있는 섬이 있다

물고기 몇 마리
어부에게 잡힐 듯 말 듯한
섬이 있다

모두가 있다가
아무도 없는 섬이 있다

비워진 섬의 자리
우리가 채워야 할
섬이 있다

기도 2

시야 날아라

외로움 1

그립다, 친구들아
보고 싶다, 이 새끼들아~

포기

고향에 묻히고 싶다
아버님 무덤 앞에 뿌려지고 싶다
어서 빨리
다시 태어나고 싶지 않다

반성

뒤돌아보니
오늘 하루 종일 잘한 일이
하나도 없다

할아버지

고맙데이, 할배
나를 사랑해 줘서

그라믄 뭐 한다냐
할배가 그토록 얘기하던
내 제사는 장손인 환구가 지내 줄 거야
미래를 몰랐던 할배

할배, 죽어서 좋소?
나는 왜 안 데려가남요
그토록 사랑한다고
왕사탕 사 주더만

나는 배신자
할배도 배신자

일제 징용으로 만주 벌판에서 도망친 할배,

자식새끼, 먼저 세상 떠나보내고
짐승처럼 울던 할배

할배, 저승에서는
두부김치에 막걸리 대령하는
손자 있는겨

할배야,
마누라는 만났능가
그 할매는 잘 있는가
어린 자식새끼들만 넘겨 놓고
홀로 바지런이 떠난 할매

밤이 깊어도
다시, 할배는 그리워 안 할 거야

아들놈들

멍청한 놈들
덜떨어진 놈들
맨날 게임만 하고
잠만 처자는 멍청한 놈들
그래서 세상 살것냐

그래도 괜찮다
멍청하게 살아라
그래야 덜 고통스럽다

아버지 죽은 다음에
'아버지 돌 굴러가유'라고 말해라
아버지는 충청도닝께
그래도 괘안타

아들들아,
한 가지만 알고 있거래이
너희들을 돌보지도 않고 살지만
사랑한다, 아들들아

어차피, 페북도 안 볼
너희들에게

안녕?

배움과 사랑

국민 중에 가장 낮은 사람이
나일세,
내일이면 어차피 또 까먹을 것을

글랑에 시 한 편 있다

폐허

나는 낮에 일하고
밤에는 술 마시고

마누라는 밤에는 일하고
낮에는 자고

아이들은 방치

제대로 교육도 못 받은 것들이
사는 게 그렇지

이곳에도 꽃 필까

이별의 노래

사랑은 꿈이 머무는 자리
네가 왔다가 머문 자리
갔어도 향기가 느껴지는 자리

밤새 울었다가 네가 보고 싶고
이별하여도 또 이별하여도
살아지는 인생 같은 것

우리는 다시 살아야 한다
이별한 후에 눈물을 삼키고
다시 노래를 불러야 한다
우리가 숨 쉬는 노래를 불러야 한다

한 점 바람이 흘러가고
한 점 구름이 흘러가고
한 점 비가 내리는데

이별은 속절없이 현실이 된다

꿈으로 가자
세상이 춤추는 꿈으로 가자
이별 노래 멈춰지는 세상으로 가자

우리가 모두 일시 정지

환하게 웃는 꼬마가

눈 내리는 휴전선

아팠던 눈이 내린다
아프지 않은 눈이 내린다
하얀 눈이 휴전선에 살포시
아장아장 내린다

할아버지처럼 눈이 내리고
할머니처럼 눈이 내리고
아버지처럼 눈이 내리고
어머니처럼 눈이 내린다

눈송이 바람 따라 북으로 날아가고
눈송이 바람 따라 남으로 날아가고
온 세상 새하얀 눈발이다
강아지가 쫄랑쫄랑 남으로 갔다,
북으로 갔다

온 세상이
분홍빛 눈밭이다
너와 나의 얼굴이 발그레

하늘 길
땅 길
모두가 열린 눈 내리는 휴전선

어머니에게

왜 나를 낳았냐고
묻고 싶네예

엄마는 엄마의 삶이 있고
나는 나의 삶이 있고
가끔 만남은 어지러운 삶

살아가는 것이 이리도 어려운데
왜 태어나게 했는지
주님의 뜻이었나요

으이구, 하늘도 무심하시지

물결이 한 점 티끌도 없이 흐르고
그리운 것들이 구름처럼 흘러가고
어머니는 무엇처럼 존재하는지

컴퓨터는 눈물을 감추고 글자를 생성하고
어머니는 쉬지 않는 기도를 하고

내가 간다
어머니가 보고 싶어
TV 속으로 간다
대견한 아들놈이 되고 싶어

고독한 별빛이 따사롭다
어둠이 물러간다

저항

법으로 옥죄지 마라
꽃은 향기로운 것
사람은 향기로운 것

시를 쓰고 싶다

미치도록 시를 쓰고 싶다
모두가 미쳐 버리는 시를 쓰고 싶다
누구 하나 온전하지 못하도록
시를 쓰고 싶다

시가 미쳐서
사람들이 다 미치는 시를 쓰고 싶다

피아노 건반에 울려 퍼지는
시를 쓰고 싶다

한참을 산 후에도
후회되지 않는 시를 쓰고 싶다

아버지 참, 잘 죽었다

아버지는 참 곱다
아버지는 천운이 닿았다
참, 빨리 죽었다

아버지가 죽은 뒤의 세상은
침묵이었으나
눈물을 흘리지 않았다

아버지는 갔고
나는 살아 있다
시를 농락하기 위해 살아 있다

워쩐감요
아버지 가고 세상은 바꼈는교

돌고 도는 세상

욕심과 미련이 교차하는 세상

동양인 한 명이 까만 선글라스를 끼고
세상을 아파한다

나

나는 나이지만 비겁한 나로일세
줄을 서지 않고
막무가내로 사는 나로일세

세상을 색안경을 끼고 보지 않는데도
세상은 회색빛
온통 회색빛
취해 주정부리는 회색빛

긴 시간이 필요해
어쩜 기다릴 수 없을지 몰라

그럼 울 거야
바보처럼 울고
때론 바보처럼 놀고
때론 바보처럼 일하고

사랑하는 것 하나 없이
세상을 등질 거야
그래야 뒤를 돌아보지 않을 수 있겠지

맥주가 나와 함께 있고
피데기 오징어가 웅크리고 앉아 있다

세상이 차곡차곡하다

차렷, 열중쉬어
어디선가 구령 소리가 우렁차다

상처가 있는 사람에게

버림받은 사람들은
모두가 오륙도에 있지

육지와 동떨어져
아무도 살지 않는 섬에 있지

목 놓아 소리친다고 해도
아무도 대답이 없고
갈매기만 꺼륵꺼륵 울어 대는

바다는 품고 있어
눈물로 얼룩진 오륙도를 안고 있어

오륙도는 바다를 잠영하는 갈매기,

상처는 모두 잊고
낚시하는 한두 명이 자유를 노래하는 곳

그렇게 한두 해가 지나간다

꽃으로 살고 싶다

꽃으로 살고 싶다
아무도 부럽지 않은 꽃으로
화려하지 않은 꽃으로

세상만사 다 그러해도
그렇지 않은 꽃으로

할 말 잃은 꽃으로
노래하지 않는 꽃으로

적막한 밤하늘에
네온사인 가슴을 울리는
침묵만 흐르는 꽃으로

가끔 그리운 풀 한 포기,
함께하는 꽃으로

살고
싶다

나가 시방 전라도랑께

마음으로 갖고 있다가
반찬 하나라도 더 내어 줄려는
나가 시방 전라도랑께

너에게 3

세상을 똑바로 응시하는
너에게
나는 미안함이다
나는 죄송함이다

어쩌것냐
니 팔자가 그런 것을

어쩌것냐
니 남편이 그런 것을

너는 너일 때
가장 아름다운 꽃이다

미안

후회

아무렇지도 않은 오늘
술 좀 그람 먹어야겠다
다짐을 해 놓고
나를 의심한다

그놈의 술 좀 그만 마셔야 하는데
퇴근하면
자꾸만 술집으로 간다

부모님 품도 아니고
고향도 아닌 술집에
자꾸만 간다

몸 팔러 가는 것도 아니고
뻔한 세상인데
그리움의 절반을 찾아

하루만이라도
이틀만이라도
절망과 함께라면

헌법 제1조

사랑은 법률에 의하지
아니한다

청명

벌거벗은 집이 있지
적나라한 집이 있지
아무도 거들떠보지 않는 집이 있지
뒷산을 배경 삼아 병풍이 되는 집이 있지
아주 작은 집이 있지
아무도 없이 홀로 사는 집이 있지
가져갈 것 하나 없는 집이 있지
지붕은 하늘이고
방바닥은 황토빛, 집이 있지

세상살이

뭐 하나 쉬운 것이 없다
살아도 살아도
모든 것이 힘든 것

달콤한 떡 하나
누워서 먹으면 편할라나

그래도 웃어야지
울다가 웃으면 똥구멍에 털 난다
하여도
웃어야지
웃어야 복이 있제

친구들이 그립고
아름다운 것은 달빛과 함께
스러지나니

참 조용하게 아침을 기다린다

내일도 흔들림 없이 일어나겠지

그동안 조용했던 저녁이 시끄럽다

사랑은 창밖에 머물고

사랑은 창밖에 빗방울로 머물고
사랑은 창밖에 바람 한 줄기로 머물고
흐릿한 시야가 밤을 응시하는 사이에
사랑은 마침내 곡소리를 내기도 한다

다시는 사랑하지 말아야지
외침은 방 안에서 울리는 도돌이표

그래도 창밖으로 나갈 거야
사랑이 머무는 창밖으로
내가 아닌 네가 있는
빗방울 주룩주룩 내리는 밤이어도
그 빗방울에 꿈을 담을 거야

왜 그렇게 밤이 길지
눈에는 너무 까맣게 보이는

칠흑 같은 밤,

다시 미쳐야겠어
세상에서 가장 무서운 병에 걸려야겠어
세상이 둘로 보이기도 하고
사랑하는 것만 보면 의심하기도 하고
모두가 나를 죽일 것만 같게 느껴지는
그런 병에 다시 걸려야겠어

사랑은 창밖에 머물고
나는 노트북에 손가락을 얹고

너와 나 사이를 오간다

시편

아무것도 없는 사이가 있다
남편도 아니고
아내도 아니고
시편

그리움 1

자꾸만 눈물이 나와
나도 원래는 홀로가 아니었지
왜 혼자가 되었는지 모르겠어

컴퓨터만이 친구가 되어 주고
음악이 친구가 되어 주고
활자가 살아 숨 쉬어 친구가 되어 주고

마음 벅차지만 터질 것 같은
이 맘, 어디에 둘 곳도 없어
상처처럼 굳어져 간다

나는 친구가 없어
너는 친구가 있니
묻고 물어도 우리는

아이들에게

강남식 교육을 따라 하지 말아라
세상의 주류가 되려고도 하지 말아라
그냥 세상과 노는 방법을 터득해라
그냥 실컷 놀아라

너희들은 놀려고 태어났는데
어른들은 자꾸 공부를 하라 하고
놀다가 지치면 일을 해라
일을 하다 지치면 잠을 자라
잠을 자다 지치면 또 놀아라
그렇게 네 삶을 찾아가다 보면

너희들은 너희들의 자리에 있을 것이다
그것이 네가 있을 자리다
그것이 네가 가야 할 일이다

그때 우리 함께 놀 수 있을까
그때 우리 함께 떠들 수 있을까

하루

신은 주었나니
축복되게 살라
하루를 주었나니

괴로움도
즐거움도
모두가 하루이나니
겸손하고 또 겸손하자
사랑하고 또 사랑하자

불평불만으로 가득 찬 하루여도
감사한 하루이나니
너의 가슴을 쓸어 주라

대견한 하루였다고

간청

세상에서 가장 잔인한 죽음을 주십시요
삶보다 아프지 않을 것 같은

일상 1

지루한 것들 속으로
여행을 떠나는 것

바람이 불고
비가 내리고
구름이 흘러도 보이지 않는 것

너와 가끔은 충돌하고
가끔은 나를 숨기고
자유와의 술래잡기

다시 사랑을 꿈꾸는 것
할 수 있다면
또다시 사랑을 꿈꾸는 것
포기하지 않는 꿈을 꾸는 것

가로수 하나 멍하게 서 있고
가로등 하나 힘없이 있어도
하나도 이상하지 않은 것

이별이 우리를 아프게 하여도
다시 또, 살아지는 것

임랑 해맞이마을에서

바다는 회색 하늘
잿빛처럼 번지는 눈물

해가 떠오른다는 마을 이름처럼
우리는 꿈을 꾸지
바다는 꿈을 꾸지
부서지고 또 부서지면서도

말을 하지 않는 잔잔한 속내는
맑은 에메랄드,
나를 고향으로 데려가는

사람들의 목소리처럼 비는 내리고
윈도우 브러시는 그 눈물을 닦아 내지

바다로 가자

아직도 보이지 않는 저 너머의
세상으로 가자
구름으로 살짝 가려진
우리들이 꿈꾸는

노랑 옷을 입고
우리 모두 바다 위의 나비가 되어
날으자

그리움 2

그리운 것은 아비의 술잔
마시고 싶어 마시는 술잔
무엇 하나 뜻대로 되지 않던 술잔

아비가 물려준 술잔에
술을 붓는다

그리운 것은 아비가 키워 온 달래
하우스 속에서 파랗게 자라던 달래
하우스 속에서 자라던 유년

품앗이 나온 아낙의 동네 소식에
깔깔대던 비닐하우스

그리운 것은 냇가
흙 묻은 달래를 곱게 씻겨 주던

그리운 것은
그때의 아낙들의 늙음

한 잔의 술

당신의 술잔에 고뇌가 담깁니다
당신의 술잔에 하루가 담깁니다
당신의 술잔에 눈물이 담깁니다
당신의 술잔에 부모님이 담깁니다
당신의 술잔에 가족이 담깁니다

쪼로록쪼로록 따라지는 술잔에
별빛이 담깁니다
너의 눈빛이 담깁니다
외로움으로 무장한 불빛이 담깁니다

술을 마시면서 이성을 가지려고 노력합니다
술을 마시면서 사람이 되려고 노력합니다
그때 술은 술이 아닙니다
그때 사람은 사람이 아닙니다
이미 미쳐 있는 것을

사랑하는 사람의 모습이 술잔에 지고
가끔은 술잔 속에 웃음이 담깁니다
그때는 웃지요
세상을 잊는 웃음을 짓지요

아따, 시방 이것이 뭐 하는 짓이다냐

시에 술을 담는다
농익은
단풍잎을 담는다

에쏘, 여기 있소
술 한 잔, 여기 있쏘다

맥줏집에 있다

사랑하는 사람이 맥줏집에 있다
나 홀로 있는데

옆자리 손님을 사랑하진 않는데
사랑하는 사람이 네 옆에 있다

사랑하는 사람이 옆에 있는데
자꾸 눈물이 난다
눈물을 감추려고
맥주잔을 들이켠다

사랑하는 사람아,
우리 같이 웃어 볼까
깔깔깔,
웃다가 멈추자

사랑하는 사람아,
어차피 한 번 왔다 가는 것을
끊임없이 아파하자

아파하는 것들은 모두
맥줏집에 있다

맥줏집에 음률이 흐르는 피아노가 있고
껭껭 켜 대고 있는 바이올린이 있다

춤추는 것들은 모두가 맥줏집에 있다
이제 아프지 않은 내일을 꿈꾸며

일상 2

낮에는 밥심으로 살고
밤에는 술심으로 살고
뭐가 미쳐도
단단히 미친 세상

아들놈들에게

미안타
니들 아버지로 태어나서
미안타
어떤 말도 할 말이 없다
뭐라도 주고 싶은데
줄 것이 하나도 없다
진심으로 미안타
그래도 꼭 잘 살아야 한데이

춘향전

에끼, 놀아 보자 향단아
조선 팔도 찢어지듯 놀아 보자
속옷 다 벗고
속살 다 보이게 욕보이자
나는 방자도 몽룡도 아닌 똘똘이
너를 향한 똘똘이
향단아, 무엇이 그다지 슬픈 것이냐
몸종 노릇이 힘든 것이냐
춘향이가 괴롭히더냐
우리 함께 키스를 나누자
쪽쪽, 빨리는 키스를 하자
내가 너에게로 가고
네가 나에게로 오는 키스를 하자
밤이 깊다
너와 나는 주인공
오늘 밤만 지나면 세상을 등질 주인공

오늘 밤만 함께하자
다른 밤을 기약하지 말자
너만 보면 미쳐서 눈에는 별빛이 쏟아지고
무지개가 우리를 품은 오늘
향단아, 너만 사랑할게
오직 너만
어차피 내일이면 우린 볼 수 없어
다음 세상을 알기에는

에끼, 향단아 놀아 보자

근디,
춘향이는 워디 있다냐

남원의 광한루가 한가롭다
남원의 광한루가 배시식 웃는다

바람은 솔잎이다

다 똑같은 솔잎인데
바람을 닮았다
잊고 싶어 추억하는
솔잎을 닮았다

모두가 닮았다
바람을 닮았고
솔잎을 닮았다

바람이 내게로 와 지고
또 바람이 분다
사랑이 지는 것처럼

한참만 솔잎이 되자
한참만 바람이 되자

무엇이 아닌
바람은 솔잎이다

땡그랑
종소리가
바람은 솔잎이다

콕

마지막

절벽,
한 발짝만 앞으로 나아가면
끝인데

절벽,
몸뚱이만 조금만 숙이면
끝인데

왜 그렇게 미련이 많은지
왜 그렇게 사랑을 꿈꾸는지
그만일 법도 한데

슬몃한 눈망울이
자꾸만 뒷걸음질을 친다
앞으로 가야 하는데
자꾸, 뒤로 간다

이제 마지막이다

외로움 2

귓가에 들려오는 음악만이
행복을 주고
하얀 컴퓨터 화면의 활자만이
행복을 주고
살아야 한다는 내면의 열기가
눈물을 주고
또 살아야 한다는 눈물이
삶을 지탱하게 해 준다

너를 두고는 가지 않을 거야
너랑 함께라면 어디든 갈 수 있을 거야
그런데 네가 누군지 모르겠어
네가 누군지 말해 줄 수 있겠니

거울 속에 나를 봐도
대답은 없고

거울 속의 나와 너는 침묵뿐

이젠 모든 게 끝장이야
라고
말하고 싶지만

다시, 힘을 내 보자
어떻게든 살아지겠지

버겁다

술을 마시지 않는 밤이 버겁다
버겁다 술을 마시지 않는 시간이
버겁다
비겁다 술을 마시지 않는 내가

참, 비겁다
웃지 않고
눈물 흘림이 비겁다

너를 향한 눈물이라고 말을 하지만
정작 슬픈 것은 나

온통 취한 것은 잠든 이 시간
자정으로부터 가장 먼 시간
혼자만의 시간

비겁하게
버겁하게 살아야지

너처럼 아름다운 것은 없다

난생처음 너를 본다
너처럼 아름다운 것은 없다
너는 너대로 살았는데
나는 나대로 살았는데
그리운 것은 어 하나밖에 없다
너 하나로 족한 삶을 살고 싶은데
너는 너의 인생
나는 나의 인생
꼭, 한 번 인생이 허락한다면
너를 만나고 싶다

네가 있어 오늘이 행복하고
네가 있어 오늘이 그립다

꼭 만나자
그리운 너의 이름으로

널 불러 본다

귀여운 아가

자체로 충만한 귀여운 아가

꽃처럼 푸르다

꽃은 푸르지 않은 것이 태반인데
꽃처럼 푸르다

별이 노래하는 소리도 들리지 않는데
꽃처럼 푸르다

한 번 이별을 했을 뿐
다시 이별하고 싶지 않은 것처럼
푸르다

꽃은 푸르지 않은데
꽃처럼 푸르다

별에 꽃이 진다

아름다운 것들은
모두 별에 매달려 나부낀다
꼭 너는 아닌 것같이
나부낀다

너는 별
평생 지고도 지지지 않는 별

너의 이름을 불러 보고 싶다

초라한 나의 모습을 지워 버리고
너를 부른다

간절한 이름이
꽃에 별이 진다
간절하게 부른 만큼
이별이 선을 긋는다

딱 한 사람 있다

무엇을 주어도 아깝지 않은
딱 한 사람 있다

정말 보고 싶은
딱 한 사람 있다

하늘이 허락해 주지 않을 것 같은
딱 한 사람 있다

틈날 때면
나 아닌 다른 사람을 위해 웃어 주는
딱 한 사람 있다

보고 싶었던 감정 꾹 눌러
정말 보고 싶었다 말한
딱 한 사람 있다

새벽비

가슴을 적시는 새벽비
고놈, 고놈은
무사할까

언제부터 내렸을까
너와 나의 이야기

만월도

가득 찬 것이
둥그렇지 않은 것이
가슴을 찌른다
베어진 가슴이 달을 닮았고
오려낸 가슴이 달을 닮았다

아차, 또 베이고 싶은 이 마음
남은 것은 단 하나

가난만 남았다
너를 그리워하는 가난

한 잔의 술

한 잔의 술은 배고픔이다
흘러내리는 배고픔이다
너를 향한 그리움이다
네가 보고 싶어 추는 춤이다
다시 살아 보고 싶은 인내이다
뭘로 이야기해야 할지 모르는 방황이다

설레는 너를 향한 그리움이
오늘도 술잔을 찾게 한다

몸이 좀 쑤시며
하루빨리 너에게 달려가고 싶다
미친 듯이 달려가고 싶다
사람 새끼 되기 틀렸다 해도
너에게 달려가고 싶다

바람에 흐느끼는 참새

바람에 흐느끼는 참새가 있다
아주 미세한 바람에도 흐느끼는
아주 작은 참새가 있다

참새는 바람을 따라 날아간다
어디로 가는지 모르고
바람을 따라 날아간다

먹은 것도 별로 없이
창공을 가른다
배고플 만도 한데
지칠 법도 한데
창공을 가른다

가끔, 몇 마디
짹, 짹

그리곤 조금 몸을 떨다간
내일로 날아간다

밤이 깊어지는 겨울

함께 따라가는 겨울이 있다
춥지만 함께 간다
두터운 옷을 껴입었지만
우리는 함께 간

점점 겨울로 간다
지금은 한 중 여름인데
겨울로 간다
차가운 겨울로 간다
어쩜 살이 베일 정도의 겨울을
맞이할 수도 있다

천천히 겨울로 가자
추위를 견딜 준비를 하고
겨울로 가자

밤이 깊어지고
겨울이 깊어지면
우리는 서로 우리를 찾을 것이다

그리운 것이
깊어지는 겨울의 밤을,

스르륵 녹인다

너에게 4

사랑하는 것들은 모두가 너를 닮았다
아름다운 것들은 모두가 너를 닮았다
항상 웃어 대는 너를 닮았다
힘든 것이 하나도 없는지,
어떻게 웃어 대는지
그래서 네가 보고 싶다
오늘도 보고 싶고
내일도 보고 싶고
봐도 봐도 질리지 않을 것 같은 너

하늘을 봐도 네가 있고
거리를 걸어도 네가 있고
식탁 위에도 네가 있다
밥을 먹다 한참을 웃었다
행복이란 이런 것일까

아이가 걸어가고 있고
청년이 웃음 짓고 있고
노인이 웃음 짓고 있고
모두가 실성한 듯하다
이상한 사회에 네가 있다

건반을 두드리는 꽃이 있고
(—아무래도 신이 난 듯—)
개그를 하는 시냇물이 있고
미친 듯이 연기를 하는 풀꽃이 있다

너의 이름이 무엇인지 궁금하다
두 글자라고 자꾸만 되뇌인다
변혁

너에게 밀봉한 편지를 붙이며
한참을 웃었다
스마일~

찰칵

맥주 1

아무도 없는데
너 하나 있다

미친놈 위로해 주는

내가 떠난다면

바람이 왔다 갔다 생각하세요
내가 떠난다면
한 줄기 바람이 왔다 갔다 생각하세요

자유가 왔다 갔다 생각하세요
내가 떠난다면
한 줄기 자유가 왔다 갔다 생각하세요

맥주 2

너를 기다리고
또 너를 기다렸다
평범한 숨 대신
가쁜 숨을 몰아쉬는 너를 기다렸다

낮부터 네가 보고 싶어
더 처절하게 너를 부르며,
살았다
널 만나기 위한 시간만을 기다리며

너는 매번 그 자리에 있지
내가 오라면 오고
가라면 가고
순박한 옛것의 여인
순종적인 여인
서방 오면 두 발 벗고 마중 나오는

너의 간결함을 안다
너의 청결함을 안다

오늘도 너와 함께하며
내일을 살아갈 꿈을 그린다

너의 몰랐던 유년을 뒤로하고
지금의 나를
네 앞에 앉혔다